東西南北集

流浮山人 著

責任編輯：羅國洪
封面設計：胡　敏

書　名：東西南北集
作　者：流浮山人
出　版：匯智出版有限公司
香港九龍尖沙咀赫德道二A
首邦行八樓八〇三室
電話：二三九〇〇六〇五
傳真：二一四二三一六一
網址：http://www.ip.com.hk
發　行：聯合新零售（香港）有限公司
香港新界荃灣德士古道二二〇至
二四八號荃灣工業中心十六樓
電話：二一五〇二一〇〇
傳真：二四〇七三〇六二
印　刷：陽光（彩美）印刷有限公司
版　次：二〇二一年十二月初版
國際書號：978-988-75442-9-6

鄺健行教授序

陳偉強教授前日郵示新著《東西南北集》，輯韻體作品數百首，告以行將剞劂。捧誦反覆數過，忭訝無啻。蓋自上世紀中葉以還，舊調貽誤後學而必以今語寫性靈之説盛行，茲土頗承鼓吹，曩日上庠騷雅流風遂寖以泯蕩。馴至今日，文科學人且有據高座指畫而中實不解調聲辨律者，遑論斟酌浮切成句或章者哉！余墨守膠固，每念傳統文化之雅藝。然而目睹傳統文化若花果之飄零，有如大儒所嘗比擬以悲悼者，則恆低徊悒鬱莫盡。不意君遂逆溯時流，編冊起唱，循前修之軌跡，復絃誦於既微絕之後。然則友儕若余者，展卷而激動忘形，當何如也。余與君共事於香港浸會大學中文系有年。君二〇〇七年間數預系內璞社雅集，投詩遒鍊難及；而席間講評深入周延，聽者意愜而降心受教；余以是知君能詩。然又不意君學術窮研以外，仍鋪箋摛藻無怠倦，月恆日繼，堆積琳琅，且成卷軸如斯也。集中雖多錄五七言，而小詞駢文辭賦亦具數量。夫歌詩倚聲，學苑或時有作者。至若驪篇短長，體物寫志，紛陳合輯，近時實未一遇。終不意君之多才擅眾體，竟不與他士並也。竊惟篇章體式謹嚴，不薄故轍；若辭意則或承舊而出新，滋味多醰醰可賞。蓋平素研古專注，而又濡染變化鍛鍊以出，有以致之。讀君〈嗜好〉句所云「雕蟲勤斧鑿」與「三平保韻腳」，可知一二。抑余猶有欲言者。君青歲游學海外，爾後履跡半寰瀛，亦可謂東西南北之人也。既交接碩學英俊非一二數，而異域風物俗尚得飫覽無餘，自然學博而識邃，心廣而氣充。暨乎下筆描摹，無論師友之酬答離合、吉人瑋事之可紀可嗟，與乎山川之壯、草木之微；其形象境界之殊異，命意遣辭之迥出尋常；有非閭巷曲士詹詹小言可方於萬一者，不言而可喻。集中〈題泥古軒〉又句云：「苦攻西學西洋術，漸解古文古哲心。」余謂儻獨以接武昔賢許君作，而忽君中外古今融滙之旨、四海環迴顧盼之意，恐未能識君詩文，並不能讀君詩文也。君郵命余為書序，自惟遲暮神頹，無復標義發揮，奚足序君雅帙？但以文章入目、一時零渙思緒筆呈左右，俟君之可否而已。二〇二〇年六月、歲次庚子，台山鄺健行。

自序

余生乎水鄉，長於陋巷。自幼無過庭之訓，乏操觚之能；稍長，乃頗讀史習文，始屬對聯句。於是凡屈宋枚馬，辭賦之英，李杜蘇黃，詩詞之傑，三曹七子，四傑二安，既枕藉而熟參，亦殷勤而諷誦。徒磨礱鍛煉，孤陋而寡聞；記錄傳抄，不學而無術。當時所作，以為羲皇上人；今日復觀，乃辨陽春下里。

蓋師之所在，道之所存。先後蒙名儒碩學之傳，藝苑尊長之教：一新先生之文雅[一]高風亮節；小如教授之博識，[二]深壑谷神。惟日月之逾邁，春秋之倏忽，彼已西行而遠逝，予獨北望以長懷。每撫情而哀傷，輒追憶而痛怛。逝者木拱，存者杖朝：洪師柏昭，袁師春澍，[三]循循誨我，莞爾余拼湊之作；昧昧思之，肅然其提攜之心。是以不揣淺粗，毋嫌拙劣，集中凡涉業師名諱，友朋尊稱者，雖鄙薄無文，拘忌多病，亦勉強選錄一二，蓋大恩是重，高義是懷故也。

亦有琴樽花月，頗敍兒女之情；離合悲歡，偶生風雲之氣。登高而作賦，臨水攀山；發憤以杼情，幽居解悶。非詩詞何以展其義？惟翰墨可以騁其懷。至於為情造文，彥和所論，補衲拘攣，記室所鄙。殷璠云：文質半取，風騷兩挾。雖未至此，恆所法焉。

集內所收，時歷三十載；筆端所挫，路經十餘城。春夏秋冬，季節物色之景；東西南北，地理風土之情。蓋是集之題名，乃經典所啟迪。《天問》曰：「東西南北，其修孰多？」余續貂云：「仁義禮智，其變何鉅？」藉言路之漫漫，心之煢煢。亦出宣父之事跡，聖人之高行；小子之鄙陋，豈敢僭越？蓋「東西南北人」，詞源《禮記》；「言居無常處」，義取鄭箋。余復戲為之解曰：東西者，取現代漢語「東西」之義，鄙作之謂也；其書名也，謂行走南北半球間所寫之「東西」。其真正之立意也，概言行跡，頗敍衷情：東者，東方之珠與神州扶桑也；西者，夷洋之境域及泰西之文化也；南既涉南蠻之區，亦謂大洋之洲；北則言北地京華，兼及北半球——蓋自南溟而望北，遠徙而思歸也。集者，匯也，許慎《説文》：「雧鳥在木」；邢昺釋《雅》：「聚會為集」。余寄形京港美澳，偶集止於東西南北：隨事感遷，由心發詠；寓目紀遊，觸景言志。於是沙汰鄙作，摭存蕪音。遂覺今之視昔，五十步之於百步；歲之成紀，三十年猶如一日也。年行已長，所更非一；識見漸多，所念逾千。歐陽永叔之夜讀，蟲聲唧唧；淮南小山之招隱，芳草萋萋。伯牙之水長山高，子健之華茂骨駿，皆古人之雅賞，文士之嘉音。復惟卷帙之迻存，歷北走而東適；檢敝集所哀錄，嘗西征而南徂。豈曰無衣？流離得師友之勗勉；何云有怨？顛沛賴妻子之扶持。昊天私之，知音與之。

所愧恆乏三冬文史，徒有五車圖書。偶亦乘興為詩，緣情命意。星移斗換，日居月諸；草稿填笥，紙墨滿篋。是集之編成也，賴業師敦促，良友力催。拙作鄙辭，蒙柯教授睿，〔四〕稱賞多載；劉兄衛林，唱和有年。康公達維，〔五〕大雅學者，鄺公健行，士林鴻儒，獎掖提攜，批評勖勉。近年也，有風傳雅，韻留於獅山龍城；〔六〕璞社評論，〔七〕詩傳於浸會大學，亦藝壇之盛事，文章之鄧林也。余參與切磋，方求嚶鳴之好；琢磨研礪，乃結雲漢之遊。實香江之流芳，南海之嘉話也。

或譏今人古韻，不合時宜；余謂摯意真聲，何拘格套。舊瓶新酒，雕龍蟲以自斟；白雪陽春，攜琴樽而同詠。悲歲月之倉促，喜芳春之溫柔。棠棣之華，偏其反而；榮木之意，念將老也。朋儔有入於鬼錄，我輩毋欺乎仙經。於是有感塵世之紛繁，人事之莫測。方始整理舊稿，勘錄故篇；汰篩百強，都為一集。蓋聞：盡棄少作，方虛谷之遺教；專崇唐音，嚴滄浪之眼藏。是集所收，雖有違二公之論，亦無乖六義之旨。小修之詩，情至而無暇擇音；大謝之作，神來乃以理入景。遂以文心述志，詩境攄情。以見年華之已披，期夕秀之未振也。偶有宮商未協，格律欠工，蓋應感之機，輒以意求；隨手之變，難以辭逮。

是集之詮次，祖式古人之制，擬則集部之綱：先以賦、詩，繼以詞、序。一體之內，按時序以排列；數闋之詞，述情思之抑揚。體例編年，先列少作之淺薄；歷練摛藻，稍見老成之深沉。

鄺公健行，辭壇之北斗，詩學之南鍼。先生不嫌鄙陋，詮敘小集；後學忝受恭維，月旦庸詞。過譽溢美之言，鐫刻於篇首；至精深微之見，貫徹於序中。得其品題，獲其指點，實平生之榮幸，斯集之輝光也。

於時春也，正值萬物之權輿，風清和而日妍麗；忽逢一氣之肅殺，露濃重而霜披離。見眾芳之葳蕤，歎百姓之蹇產。粵自去歲，乃至今年，大疫流行於五洲，細菌瀰漫於六合。災眚侵於鄰下，憶建安之慷慨；病毒肆於人間，值世運之迍邅。哀人生之長勤，歎物情之短暫。於是勘舊文以付梓，整蕪穢而殺青。聊紀半生，不值一哂云爾。

二〇二〇年暮春初稿，翌年夏日修訂於香江沙田。

〔一〕故陳師貽焮，一新先生。

〔二〕故吳師小如教授。

〔三〕袁師行霈，春澍先生。

〔四〕業師柯睿（Paul W. Kroll）教授。

〔五〕康達維（David R. Knechtges）教授。

〔六〕余於香港浸會大學負責籌辦「有風傳雅韻」詩歌朗誦會有年。

〔七〕香港浸會大學璞社，乃鄺公健行多年來致力組織推動之詩社。

目錄

【詞】

【序】

【賦】

泥古軒賦並序

泥古者，拘泥於古而不變通之謂也，余以為號有年，蓋余之情性執拗而泥於古法，故云。此未及弱冠事也，亦可謂早而自知者也。昔人自稱某某居士，每以所寓為號，東坡、易安皆是類也；余則先號而後寓，蓋余旅外多年，居無定所，及年前自廣州暨南大學還家，修建舊宇，二月有餘，廬始成，乃以早年之號名焉。又二年，偶自京還家小住，乃為賦曰：

昔雉豕之所棲兮，處余家水榭之東。何荒棄而破敗兮，雜鼠穴與蒿蓬，蜘蛛結網，惡物成叢。晝無貓犬，夜有斯螽。及余修葺而粉刷，自效乎壺公：但有棲息之所在，不求桂殿與蘭宮。茲軒也，攬遼廣之海灣，望成行之斷鴻，送落暉之蕩漾，枕潮汐之空濛；觀魚鳥而耽逸樂，眺崖岸而識窮通。三面環水，四時不同：夏受曝曬之烈日，冬迎凜寒之朔風。實非久安之所寓，樂居之所怡，惟秉持於一念，實追慕乎九夷。一室之內，陳平生之玩好，列珍藏之圖書。凡唐三彩之駝馬，秦皇俑之兵車，典存百子，辭宗三閭，四壁無間，虛室有餘，此亦足暢余所懷，雖甚荒陋，亦自晏如。余旅外歷有年所，鍾儀懷楚之奏，子山緬梁之思，動中情之哀歎，感身世而獨悲，何鄉土之睠睠，成涕泗之絲絲，朝盤桓而莫往，夜相羊而何之？但有寸地之可倚，雖敝宇而莫辭。信古人之有言，吾愛吾廬莫相疑。

西征賦〔一〕

伊天地之久長，惟日月之逾邁。歎弱冠之無成，感而立之將屆。師嘗有訓：學亦無懈。於是方告別乎上庠，〔二〕乃遠遊於世界。秉斯志之勿遷，之何國而無託？惟此德之是修，則吾安往而不樂。鯤鵬何寄？燕雀焉薄？敦畏高山，顧笑褒博。

於是乘雲御風，越洲渡洋。造花旗之國，想華胥之邦。已而景翳翳以黯淡，月皎皎而靚妝。俗諺有云：玉兔於異國而倍光；奈此情懷之淒戚，對彼月色之綺芒。年華如逝水，人壽若秋霜；信美非吾土，念之情內傷。

乃攀金山、遊羅省。登高臨水，入海渡嶺。友朋之惠愛，實此生之慶幸。戀洛城之風日，愛加州之麗景。惟離思之屢侵，怨長夜之方永。聽寒蛩之長鳴，覺夕風之微冷。念先妣之新逝，〔三〕增內心之哀哽。

遂東越四州，山行千里。〔四〕崢嶸如上蜀西之高山，蕩漾若下江南之碧水。仰觀暮雲之深，俯覽平原之美；惟客心之未靜，雖異景而弗喜。哀人生之倏忽，羨巖石之屹峙。

信宿而至，爰定我居。停雲少滯，虛室有餘。項脊之室，容膝之廬，豈曰無歡，但言有書。遊文章之林府，訪先哲之芳甸。慕虛名以爭位，飾小說以矜衒；忝沾師門之嘉譽，實愧經世之俊彥。逐螻蟈之周旋，致林泉之泯滅。乃退而閒居，隱而守拙。

其地也，少人民，多草木。山高可以捫雲，水麗足以悅目。思太白之詠蜀道，歎李愿之歸盤谷。其春也，凜凜祁寒，遲遲春服；其秋也，天清氣爽，草黃松綠，憶曾點之暢遊，賞陶潛之籬菊；其夏也，狂飆偶起，烈日遲伏；其冬也，風捲彤雲，雪蓋平陸。我有旨酒，我有粱肉，飲而賦詩，食以果腹。

亂曰：大山巍巍，泉水涓涓。洗耳濯纓，何必穎川？詩書盈室，心遠地偏。不慕榮名，其求神仙？優游歲月，且樂樽前。

〔一〕一九九二年自東土往美國求學；翌年作於科羅拉多大學博德爾校區（University of Colorado at Boulder）。

〔二〕北京大學。

〔三〕予離家前數日，先母病逝。

〔四〕得好友奚如谷（Stephen H. West）之助，購買舊車，運載由北京海運到屋倫（Oakland）港之書籍之太半（其餘郵寄），自加州快活山（Pleasant Hill）奚府出發，翻越西耶拉內華達山（Sierra Navada）與洛磯山（Rocky Mountains）兩大山脈，歷二十五小時而至。

#【詩】

答郭師小湄絕句

長天秋水伴愁霞，孤雁哀號日影斜。夢入芙蓉春帳裏，窗前帶雨幾枝花。

附：郭師見示絕句

此身得止便如家。夢繞山坳與水涯。重幙不知窗外白，雨瀟瀟裏一啼鴉。

從一新先生、曉音師等遊陶然亭〔一〕

凜凜嚴冬過，春來萬物和。流鶯爭暖樹，燕子逐庭柯。逸態搖金柳，清波舉玉荷。何來鏜爾響？隔水見天鵝。

〔一〕故陳師貽焮，字一新，一九九一年春，帶領門生到北京陶然亭踏青。同行除陳師一家外，又有葛師曉音一家，同門錢志熙、朱琦、吳光興、羅秉恕、劉寧等，一行數十人。

附：一新師〈陶然亭次韻一首〉

宣南尋勝跡，孟夏喜晴和。羣彥盈新館，繁花綻古柯。鶯飛翻露葉，蝶舞繞風荷。經重蘭亭寫，池今多白鵞。

遊熱河情詩贈答二首

贈詩

八廟拱山莊，勢居動紫皇。古來稱聖地，今日煥春光。河水粼粼躍，松風颯颯涼。深山聞鳥響，一曲鳳求凰。

答詩

樹樹聳高岡，山山透暗香。熱河迴轂轉，古寺亙相望。細柳條條嫩，連翹朵朵黃。一雙連翼鳥，天地任翱翔。

東吴絕句（選三首）〔一〕

早發合肥赴寧道上作

平疇遠岫秋為氣，水白荷殘稻送香。漠漠田疇翻穗浪，鐮刀霍霍割禾忙。

夕發姑蘇經大運河作

夜發姑蘇古渡頭。船舷獨倚下杭州。寒蘆深處藏星月，點點漁光伴素秋。

蘭亭

右軍太傅競風流，雅集蘭亭共唱酬。人散亭空鵞響絕，〔二〕神存藻翰墨長留。

〔一〕一九九一年秋，北大讀研期間至寧、徽一帶訪學考察。

〔二〕承故陳師貽焮一新先生教：凡涉蘭亭之「鵞」字，須按其地傳為王羲之父子手書之〈鵞池〉石碑，不得妄改為「鵝」。

論詩絕句並序

辛未早春，餘寒未減，拜訪袁師春澍先生於法自然齋，〔一〕先生以王靜安「不隔」二字見教，予反覆思之，似有所悟，遂占一絕以記，兼呈一新先生。〔二〕

辭由情發情須信，得自天然勿苦思。妙賞玄心生雋語，〔三〕渾然不隔是真詩。

〔一〕袁行霈教授，字春澍。
〔二〕陳貽焮教授，字一新。
〔三〕先生引馮友蘭〈論風流〉語見教，馮謂晉人風流，必有玄心、洞見、妙賞、深情。

月夜

造物本無心，惜生苦自尋。夜蟬驚夜夢，孤月伴孤衾。人籟歸溟漠，鳥蹤隱密林。清霜鋪滿地，柏影自森森。

重遊熱河題蛤蟆石棒槌山並序

康熙之始造避暑山莊，其國勢赫赫然也；然六傳至咸豐，偕慈禧倉皇避兵禍於此，屈辱竟至於斯，衰榮無定，是二石之所歎也。

蛤蟆棒石傲羣峯，勢壓蒼鷹掣臥龍。俯視山莊懷八廟，細論聖祖與文宗。

題勝寒廬〔一〕

月上梢頭報二更，老松雜樹影縱橫。流光暗探青燈下，心鏡無塵本自明。

〔一〕同門羅秉恕（Robert Ashmore）書齋，在北大勺園留學生宿舍。

洛磯山下〔一〕

百尺高松木，經冬歷赫曦。大山南北隔，朗日東西移。流水無心競，殘雲有意隨。翼翼歸巢鳥，問我欲何之。

〔一〕時在科羅拉多大學博德爾校區。

博德爾校園觀雪

平明朔氣侵，白雪覆青林。待到飛花盡，長松自鬱森。

春及

細草滿幽蹊，雲高綠樹低。烏鴉鳴老木，喜鵲啄新泥。殘雪鋪山嶺，清流走石溪。羲和時命駕，朗日復沉西。

壬申立夏，六月既望，與如谷、蘇珊伉儷翫月於無聲齋〔一〕

昨夜京華月，移來北美明。流光人意亂，淡影鳥心驚。銀漢傳閨怨，天河寄客情。離思鋪滿地，顧盼自孤清。

〔一〕奚如谷（Stephen H. West）教授，亦師亦友。一九九三年暑假余攜妻訪之，小住數日。無聲齋又名無已齋，如谷教授謂予曰：「以此為誡。」予怪之：「何謂也？」曰：「《左傳》曰：『中壽，汝墓之木拱矣。』余向誤以為『已拱矣』，乃以『無已』名吾書齋，以為誡。」

而立言懷

不慕三山樂，還從五柳居。累歲誠貧矣，此身亦晏如。竟無遊謁術，惟剩滿牀書。冉冉吾將老，達生樂有餘。

夤夜偶成寄秉恕〔一〕

憶昔燕園明月夜，與君緣木待星殘。何當半醉清暉下，重翫唐音與晉翰。

〔一〕同門羅秉恕（Robert Ashmore），時在哈佛大學攻讀博士學位。

題泥古軒

雲過山前萬壑陰，窗邊忽見雨成霖。更愛咖啡牛乳酪，偶思烏龍鐵觀音。苦攻西學西洋術，漸解古文古哲心。簾前燈影書香泛，起視平林雪已深。

遊洛磯山呈蔡教授厚示並序

一九九五年盛夏，蔡教授厚示先生蒞臨科羅拉多州大學訪問。先生乃吾師祖陳教授貽焮字一新先生之同門師兄，即吾之師伯祖也。因大喜，暇日同遊洛磯山國家公園。同行者尚有劉教授再復伉儷、同學賈晉華、王瑋、張東明等。先生囑余為詩以記其事，乃強吟五古一首以記。

山高人跡罕，雲深鳥飛絕。天地渾元造，陰陽太一設。不有萬仞峯，何來千年雪？鯤鵬猶須待，無論蜩與鴃。先生如不吝，授我度世訣。

附：蔡厚示：〈五律一首酬謝陳偉強先生〉

陳君偉強，吾同門友一新兄之再傳弟子，余喜識於美科羅拉多州立大學。乙亥立秋前夕，承渠以車載往洛磯山國家公園觀覽，歸又贈余五古一首。越數日，余返明尼蘇達州；追念昔遊，乃作此以酬。

莽莽洛磯山，驅車往復還。雪光瑩盛暑，雲影沐蒼顏。目以川原廣，心同禽鳥閒。元龍欣見贈，高詠化冥頑。

送何喜德教授並序〔一〕

教授乃我比較文學系系主任也，余自一九九二年師之，仰其博學，慕其為人。九五年秋，教授宣佈於冬日離任並將赴加州柏克萊大學任教。余感其教導之恩，作七律一首記述學業，以表謝意。

隆冬雪厚事西征，昔日詩文滿腦縈。一夢紅樓留隱語，數章白特解真聲。〔二〕伊鳖亞特天神力，奧德修斯俗世情。〔三〕臨水望雲離別意，無邊落木滿山城。

〔一〕教授名 Ralph J. Hexter，余譯其名云。

〔二〕九四年秋修讀比較文學史，借用法國理論家羅蘭巴特（Roland Barthes）結構主義之理論解讀《紅樓夢》及脂評。教授翻閱曹書英譯後，譽為鉅著。「白」對「紅」。

〔三〕一九九五年春修讀何教授任教之希臘羅馬史詩課，讀荷馬之作，深愛之，乃以《奧德修紀》為題撰寫論文。「鳖」字就平仄。

留別阮慶華〔一〕

故人適冰島，我欲遊明州。君長好道術，我頗樂山丘。七賢終樸散，十友各為謀。〔二〕獨尋山中嘯，空狎海上鷗。何時二三子，對月飲樓頭。〔三〕

〔一〕同學 Philip Roughton，其時將赴冰島遊學；予將之明尼蘇達州參加夏令營漢語教學。近日於網上與阮君重逢，方知其已寓居冰島二十餘年。現專研冰島文學。

〔二〕謂阮籍、嵇康等竹林七賢與陳子昂、司馬承禎等方外十友。慶華漢姓阮，故用阮籍七賢之遊以及訪孫登事；與余從柯睿（Paul W. Kroll）師學道教，故詩云「好道術」，亦用道家典故。

〔三〕時與王崗、余石屹、顧信強（Keith Kofford）、柯永明（Matthew Carter）、戴詩意（Stephen Day）等同學相善，偶有聚會暢飲。

齋中讀書

糟粕從來卷裏尋，空齋寂寞白雲深。偶將啤酒邀明月，還把清茶慰客心。大不堪時方解手，小能忍過自成金。浮游學海參章句，安得閒心聽野禽。

寄秉恕並序

丁丑之春，余赴哈佛大學與秉恕小敘數日，歸而感賦。

節物風光換，熹春事行旅。細浪翻湖泊，微光亂島嶼。蹉跎無盡極，淹蹇有年所。相期道路長，復怨山川阻。欲將契闊陳，更把平生敘。今君學有成，我亦欲飛舉。惜哉無一顧，碌碌遂如許。升沉無定在，碧波汎春渚。

桃源行並序

一九九七年底首次赴臺感賦。臺北有桃園中正國際機場，為入臺口岸。桃園與武陵漁人所訪之桃源諧音，故以命篇，詠史而及時事也。

六國既云滅，三楚亦言亡。北伐茫無策，南遷計已詳。寶島一隅住，江湖兩相忘。故老懷故苑，新少建新邦。新邦比故苑，醇薄抑炎涼？文字存正體，言談異舊鄉。俎豆殊今古，車軌有短長。斯人已云逝，碧水空茫茫。南陽劉子驥，命舟方遠颺。

臥疾

中宵觀月落，戀枕待星殘。徒費中西藥，空研內外丹。升沉應有定，禍福但無端。俯仰增歎息，清風夜更寒。

月詩二首

一九九六年八月與王崗同往明尼蘇達州之剛格迪亞語言村落（Concordia Language Village）中文教學夏令營。作於洼濱（Waubun）之森林湖。

望

羈鳥歸林木，寒蟲奏野坰。澄湖披綠樹，淡月帶疏星。白露沾衫袖，清風落素馨。羣生隨大化，我獨顧骸形。

朔

朔月迷重幕，寒星隱紫帷。千山沉宇宙，萬類混希夷。不睹林間樹，但聞草裏嗤。清暉如有信，何必問盈虧。

一九九六年九月作於芝加哥大學。

附：王崗和詩

望

歸帆激響木，營火耀煙坰。倦去倚嘉樹，覺來占列星。乾坤擔兩袖，槖籥寄殘馨。大塊憑遷化，超言復忘形。

朔

迷離不是幕，隱奧亦無帷。放眼窺窮宙，凝神步曠夷。盈虛枉建樹，榮辱反增嗤。何不皈秋信，高風任喫虧。

賣蠔

輕舟若芥捲奔濤，蠔鎵成斤腕上操。凜冽寒潮出大海，繁忙市集賣鮮蠔。凍皴手腳堅如鐵，料峭風霜利若刀。賺得分文求活計，年年春節最辛勞。

戲作迴文詩

一九九八年美國東方學會西部分會（American Oriental Society, Western Branch）於西雅圖華盛頓大學舉行，席上作。

高才無貴士，學問少賢良。褒貶隨評講，刃鋒接抑揚。曹同劉列席，博與雅盈場。豪俊充名位，刀錐競賈商。

哥倫布即事〔一〕

二〇〇〇年四月，時在俄亥俄州州立大學，得知將離職他往。

凜冽餘寒厲，商略細雨涼。高枝猶婉轉，春霧益蒼茫。野雀巢良木，鳴蟬噪大荒。鯤鵬如有待，萬里自長揚。

〔一〕Columbus。余任教之俄亥俄州大學所在城市。

自美赴澳路經香江並序

近年遷徙頻繁，自科州至俄州，未幾路經香港，得見老父弟兄；不數日復南飛澳洲，足跡所及漸廣，感懷亦多。未遑啓居，有句無詩，擱置有日，至今乃拼成十二韻，以記在港時之情懷。

蓬轉隨高下，絮飛自升沉。科州少人籟，俄省集野禽。[一]未就終焉志，長歌去矣吟。[二]去去多窮路，惶惶獨驚心。風雲知世道，山水滌煩衾。長飇催行役，異國畏陰森。不窮地勢極，安知南溟深？林泉曠玩賞，勝跡倦登臨。資財耗且盡，藥物何處尋？客行無細軟，屋內未藏金。愁對荊妻面，樂聞稚子音。良朋賞我趣，友于酒同斟。今日復辭別，老父淚沾襟。

〔一〕野禽獸性兇猛。

〔二〕老杜有〈去矣行〉，借用其意，「吟」字就韻。

無題〔一〕

南溟朝日暖，北地曉風涼。蓬轉何時極，悠悠渺舊鄉。

〔一〕二〇〇二年九月，作於澳洲悉尼。

重訪燕園作並序

陳師貽焮字一新，祖籍湖南，葛師曉音之業師也。故按論資排輩之例，予實為先生之徒孫；然於裁韻屬對之學，深感先生之教益。先生以二〇〇〇年初冬病故，春秋七十有六。先生魂歸極樂之時，適值小子流寓他邦之日。不遑啓處，未及送葬。自予畢業母校，十載逝矣匆匆；告辭京華，兩鬢皤然斑駁。今重來朗潤園，再訪梅棣庵，影去樓空，人亡物在。睹景致而緬舊，悲情滿目，撫今時而追昔，悔恨纏心。乃停數日而辭去，知何年而復歸？離愁屢抑，別緒徒添。飛機之上，思潮起伏，雲霧之中，情緒高低。昔來北地，載欣載喜；今赴南溟，〔一〕言悵言惆。於是摭收愁思，鍛鍊字句；成二絕一律，代萬語千言。以懷厚德，並記舊遊。時不作詩詞，已悠長而有日；今偶裁韻語，必雜亂且無章。恩師泉下知之，長輩遠方閱之。時二〇〇二年一月冬日。

〔一〕飛返澳洲悉尼途中。

梅棣庵二首

其一

墨跡餘香在，詩心妙韻尋。徘徊書籍下，仿佛聽微吟。

其二

故園連故夢，孤室渺孤魂。蘭草如無意，年年綠小軒。

謁一新先生墓〔一〕

石路迴山勢，新碑隱舊林。頹華凋已盡，曲徑婉而深。欲肆林泉樂，恆經雨露侵。星光期月影，松響奏清音。

〔一〕先生墓在北京西郊金山陵園。墓之右側樹以青松一株，碑文書以蒼勁遒麗之行楷書體。碑陰刻有學兄錢志熙所撰墓誌銘一篇，碑前鐫以先生手跡「欲化星光伴月明」，句出先生當年贈李師母慶粵得意之作。

天星碼頭〔一〕

舊式輪船兩岸開，悠悠往復象昭回。星移幾許由天道？古渡新樓白浪堆。

〔一〕此首以下至〈嗜好〉為璞社習作。

和鄺公健行〈璞社春詞〉六首藉以言懷呈諸詩友

中園姹紫映嫣紅，灼灼桃花笑暖風。廿載移根漂泊罷，含光綻彩憶飛蓬。

龍蛇狗馬兔牛豬，朝市山林豈晏如？底事千金圖一顧？欲知大隱問康琚。

四美二難並一堂，良晨嘉會頌安康。相投臭味芳蘭氣，賦罷甘泉接未央。

清芬馥馥誦風騷，李杜文章氣象豪。莫道追攀難指望，辭佳意穩乃云高。

毋嫌篇什出遲遲，淺唱低吟意復疑。百鍊千錘猶惴惴，心憂意格欠雄奇。

今是方知昨日非，詩心妙韻逐春歸。隨風潛入圓珠筆，詩友神交探錦幃。

附：鄺健行：〈璞社春詞〉六首（一）

海隅絢爛鬬春紅，眾卉開時沐濕風。耶誕新年歌舞罷，又迴新歲數天蓬。（二）

萬人祈福接金豬，豐足全年好晏如。有士灑然寧此顧，獨特雕刻報瓊琚。

初八風流聚一堂，桃花笑靨祝安康。嚶鳴四載知同氣，按節歌吟樂豈央。
形骸脱落頗喧騷，鋪紙聽聲意興豪。一字身搖延頸望，忽然舉手叫冰高。〔三〕
紅藍禮盒揀遲遲，同列高低猜復疑。伸指開封仍惴惴，只愁廉價獎非奇。
不望桑榆不悔非，聊乘淑氣緩言歸。何辭偶和生花筆，交映春風錦繡幃。

〔一〕收入先生《光希詩文存稿》（香港：匯智出版有限公司，二〇二一年），頁五十七。
〔二〕天蓬元帥豬八戒。
〔三〕遊戲名稱。

璞社雅集五十會誌慶

詩心月月敍，刻意學雕龍。璞理成良玉，文字竟奇功。

拾葉

二〇〇四年，三伏三秋之季，余訪學於哈佛大學，寓居於波城華埠。偶拾銀杏之葉，遂憶燕園之景。時詩詞久廢，篇什既荒。無飛翰以記言，乏麗藻以繹志。朞年而成此新製，數韻以寄彼舊情。意在追思，名曰補亡。有疑八九北大之情懷，實寄六四京城之感慨。蓋「詩人已死」，逆志常生。蓋章句之詮解，非必詩作之原意也。

金風搖銀杏，爽氣滿高樓。一樹無情碧，蕭蕭下街頭。秋蟬悲落葉，葉落送蟬啾。飄忽如蓬轉，天地渺浮游。纖纖金黃扇，默默憶舊遊。昔年初負笈，燕園值素秋。十圍衝霄木，漫天綠油油。一夜涼飆至，黛色竟全收。片片窗前降，輾轉自漂流。素心驚節序，爭奈朔氣遒。朔氣遑橫厲，憐君填壑溝。埋金且瘞玉，白雪滿荒邱。當時一片葉，悲歡景物留。平生何役役，歲月何悠悠。行止無定在，俯拾即朋儔。

渡海——記王子安事跡

浪翻逐升沉，流急難逆泝。渡遠越南溟，行行類孤鶩。徒費三冬文，空懷九經庫。五六誦詩書，十七舉幽素。班揚馬折腰，應劉曹失步。沛王任賢能，感激惟一顧。檄文生嫌疑，皇帝遂恚怒。輾轉別京華，蒼茫走蜀路。劍閣西南望，綿水日夜注。沿流入未央，倚闕看乘露。百官掌詮選，四傑名已吐。高才鮮顯榮，傲物終招妒。遙憐李將軍，遂作長沙傅。風浪起無時，盈虛變有數。潛龍藏幽姿，暫向交趾赴。河伯不惜才，滄海成塚墓。魂兮不得歸，空餘水迴互。

嗜好

平生何所託，讀書與寫作。三洞四部同六經，五典九丘統七略。詩書易禮滿床蓆，詞曲子史充囊橐。吟風弄月事刻鏤，篆刻雕蟲勤斧鑿。偶爾對起犯平頭，時而三平保韻腳。神思飛躍情浩蕩，鍛煉鎔裁辭簡約。誦罷紫文翫白鵝，猜破黃絹析瘞鶴。蕭史弄玉鳳凰臺，劉向揚雄天祿閣。山川雲霧易摹描，鏡花水月難湊泊。總為從前作詩苦，區區足慰平生樂。長恨此身纓世累，安得文墨伴幽壑。

葛教授景春寄詩見教並附劉衛林原詩因遵囑奉和以記唐代文學會盛事

欣遇新人晤故人，歲華依舊月華新。河川磊落流東港，星宿昭明拱北辰。唐代文章傳世界，當今詩賦脱凡塵。唱酬論道良師友，嘉會高朋率土濱。

附：葛景春：〈欣和劉衛林先生七律原玉兼呈諸友〉

喜會津門多故人，更欣宏論逐年新。長江後浪推前浪，星斗南辰仰北辰。學似積薪待傳火，心如流水不沾塵。山河萬里總相憶，幽薊遙連滄海濱。

又附：劉衛林：〈唐代文學會南開大學燈下有感呈諸舊侶〉

千里相從謁故人，白頭傾蓋尚如新。唱酬舊好憶南國，契闊平生望北辰。磊落奇懷昭日月，文章秋水絕風塵。江山逸興思吟侶，應記劉郎嶺海濱。

二〇一一年中秋與衛林唱和四首

衛林寄詩

一年容易又中秋，共仰長空素月流。學苑文林知己在，身強筆健願優悠。

余和之曰

炎炎節候問清秋，物換星移月影流。共證前緣詩句在，風光戀戀意悠悠。

衛林復和曰

翰苑追隨歷幾秋，羨君儒雅與風流。華章寄我長珍重，郢路同途意更悠。

余追和曰

翰墨遺忘幾度秋，與君酬唱酌清流。麗辭律絕同吟翫，寄意高山澗水悠。

秋日食海鮮有感寄衛林

從來纓世累，詩興久微茫。餒筆思兼味，窮魚想兩忘。招搖蝦轉赤，跋扈蟹流香。君子庖廚意，沉吟復悵望。

附：衛林和詩：〈偶題次偉強來示韻〉

老成日凋謝，大雅益微茫。書劍唯相伴，江湖久自忘。懷人思郢客，開卷醉芸香。誰為裁狂簡，歸來亦不望。

次韻洪教授肇平惠寄五律一首

松風唱和想高人，僶俛長吟大雅親。古曲新詞詞亦古，新詩古意意尤新。雨聲淅瀝成音律，琴韻悠揚徹海濱。愛惜鴻篇留典範，慇懃學步冀逢春。

附：洪肇平教授原詩並序

雨中接誦陳偉強教授和余〈風入松〉詞，[一]格調清新，意境超脫，情深一往，詩以酬之。

使君是我眼中人，乍接鴻詞意更親。文字騫騰情磊落，松風吹拂境清新。莫嗟斜雨橫流際，同撫焦琴滄海濱。他日獅山重雅集，何妨唱徹嶺頭春。

〔一〕二詞收入本集之「詞」部分。

二〇一二年元旦日葛教授景春寄贈絕句並桃源賀卡，敬答之

旖旎年華送舊年，一川錦水越山川。絕塵網上桃源境，共引春暉灑洞天。

附：葛教授景春原玉

冬去春來年復年，東風又拂錦山川。敬呈一幅桃源景，畫裏神遊塵外天。

夏日與長耀重遊長洲

東堤曲岸倚沙洲，白浪青山伴小樓。驟雨連雲頻變幻，狂言下酒倍優游。觀音殿外望滄海，天后宮前臥石頭。唼呷游魚知我意，盤桓野鳥欲何謀？

二〇一二年夏日於燕園別柯睿師

柯師與奚如谷、高德耀、艾朗諾、余寶琳等好友一行自西安至京，康達維教授伉儷設席共聚於北大中關新園。余與鄧百安於康公處清談竟日，是夕有幸列席，談笑甚歡。〔一〕

京華麗日邊，滄海話桑田。阮籍遊林下，孫登嘯石巔。想像三清境，存思八景仙。何當明月夜，細細品詩篇。

〔一〕諸師友英文名諱分別為：Paul W. Kroll、Stephen H. West、Robert Joe Cutter、Ronald C. Egan、Pauline Yu、David R. Knechtges、Tai-ping Chang Knechtges（章泰平）、Anthony DeBlasi（鄧百安）。

中秋日奕航寄詩，和之

廣寒深處數星期，碧落秋旻接小詩。廿八字間情歷歷，雲頭月下記當時。

附：劉奕航：〈中秋寄興〉

人間容易又霜期，猶記中秋愧和詩。吟興復如情一往，今年韻可勝疇時？

衛林中秋贈五絕一首，原韻奉答

天心月影滿，咫尺渺山河。那得琴樽共，連珠玉自多。

附：衛林原作

中秋月又滿，舊侶隔山河。千里嬋娟共，清光想愈多。

中秋追月

接國強五絕賀中秋，〔一〕次韻酬之。

月落天山豔，星垂大漠澄。嬋娟衡漢下，且待玉光清。

附：國強原作

月滿天山廓，星懸碧海澄。華光明萬里，共賞九州清。

〔一〕新疆師範大學夏國強教授。

與長耀同遊長洲

逍遙維港外，物色倍紛綸。細浪層層疊，行雲片片新。疑雲生魍魎，駭浪滌魂神。乃悟思鱸意，魚蝦席上珍。

遊懷柔縣撞道口長城

婉婉舞峯巒，長龍起復盤。蟬鳴秋色早，日麗細風寒。陟降隨高下，升沉見易難。從來征戰地，杌隉豈無端？

重遊邦戴海灘二首（一）

邦戴乃澳洲悉尼著名景點，當年週末輒攜妻兒至此遊玩。二詩於二〇一四年重遊舊地時作，倏忽十年矣。

其一

浪捲寒風何肅殺，盤桓白鳥欲敧斜。流離落魄思儔侶，多病窮愁倍憶家。

其二

稚子乘潮堆細沙，此情歷歷只堪嗟。詎知米飯油鹽價？望盡蒼穹眺海涯。

〔一〕Bondi Beach.

遊藍山〔一〕

余旅居悉尼五載，憂勞日夜，竟未踐斯勝景。二〇一四年得舊生田蕾相伴同遊，頗述舊情。其子年歲與吾子初到悉尼時同年。

冷雨洗新晴，山區滿壑清。蜿蜒沿曲徑，輾轉過孤城。觀瀑心偶亂，望林意漸平。浮雲如有待，翳翳復明明。

〔一〕Blue Mountains.

中秋接國強贈詩次韻以報

月色籠銀漢，秋旻季自成。天人同得意，輝灑遍三清。

附：國強元玉

月滿因光盛，秋熟緣自成。天心知我意，輝照一身清。

登北溫哥華西摩爾山〔一〕

亂石紊交橫，盤根裂罅生。澄湖含澹蕩，高木競嶢崢。賞會由康樂，窮通任士衡。涓涓山澗水，歲歲伴枯榮。

〔一〕Mount Seymour.

桃源行

遊溫哥華海岸，遠望重洋，想像當年港人移民至此之景象。

溫城望遠水連天，大海茫茫渺渺然。忽有秦人天外至，桃花源內種良田。

華盛頓大學眺望雷尼爾山〔一〕

白帔皚皚掩玉肩，晴明偶亦半空懸。虹銷雨罷重雲散，日映銀妝媚遠天。

〔一〕Mount Rainier.

華盛頓大學校園深秋即目

秋之為氣氣為秋，別葉辭風不肯留。古樹新枝同蕭殺，紛紛暮雨點點愁。

京城春節遇雪

寂寞春眠覺曉時，夜來幽夢尚逶迤。陰陰朔氣餘寒勁，漠漠飛花景色奇。序歲年華邀瑞應，春風物候發新枝。其猶橐籥於天地，終始興衰自有期。

戲為絶句贈魏寧〔一〕

魏寧博士，予忘年之交也，旅寓香江有年，作此以贈，共勉。

我有異蛇藏甕內，〔二〕君懷珠玉在揮毫。何煩悍吏頻徵聚，魂未歸兮讀楚騷。

〔一〕Nicholas Morrow Williams.

〔二〕蛇與悍吏用柳宗元〈捕蛇者說〉意，喻發表研究成果之壓力，非吾等所憂，其憂在不得其所。

春意

新景逐新晴，春聲雜雨聲。賞花花入夢，追月月迷汀。感觸成詩意，窮愁溢酒瓶。詩篇無酒力，側側復平平。

初夏潮退與友人重遊下白泥

影靜青山秀，〔一〕風和碧浪低。伶仃舟泛海，〔二〕嘎嘎鴨游溪。〔三〕擾攘姑婆角，〔四〕安寧下白泥。長歌懷大地，〔五〕但見草萋萋。

〔一〕下白泥位於屯門青山北麓，背山面海。
〔二〕其西南有伶仃島、伶仃洋，此用雙關義。
〔三〕溪名鴨仔坑，當年常有羣鴨游玩其間，故名。
〔四〕對岸深圳灣之蛇口，其前有小島名姑婆角。近年發展，開墾土地，小島已遍體鱗傷，面目全非矣。
〔五〕此地嘗建佈景村落，供電視劇《大地恩情》攝製取景。拍攝完畢，即付諸一炬，故結聯云云。

長洲與長耀游泳

雨足舞扶疏，長洲麗日初。青林藏百鳥，綠水戲羣魚。汩汩波如奏，粼粼浪若梳。浮沉因勢導，宜實亦宜虛。

和國強乙未仲秋小題

秋月秋風中夜起，蟾光滿地滿階前。表靈鮮豔天河靜，璧玉嬋娟兩地圓。

附：夏國強：〈乙未仲秋小題〉

秋頌無聲隨月起，蟾光一片到窗前。表裏澄澈山河靜，璧冠松巔漢道圓。

秋日於香港與柯睿師魏寧遊山二首並序（一）

柯睿師訪港，余與魏寧從遊香港三山：太平山、大帽山、流浮山。前二山為香港名山，流浮山雖稱山，實余之老家也。乃作二詩紀其事，述其情。

其一

升高由索道，登覽太平山。意愜金風爽，心隨翼鳥閒。淩霄臨玉宇，[二]虛步俯塵寰。[三]遠岫何綿渺，神超可共攀。[四]

其二

鵬從希有鳥，[五]翕忽戲連翩。道韞三山嶺，秋高九月天。雲遊歸后海，[六]日落向虞淵。爭奈桑榆晚，羲和豈弭鞭。

〔一〕業師柯睿（Paul W. Kroll）教授首次訪港。師之研究專長之一為道教文學，故詩中用事述情如此。

〔二〕亦指太平山頂之淩霄閣。

〔三〕用靈寶經「步虛」意。

〔四〕用宗炳「神超理得」、慧遠「超步不階漸」意。

〔五〕李白〈大鵬賦〉以大鵬自喻，希有鳥為司馬承禎之化身，鵬從之遊。

〔六〕后海灣，流浮山面對之海灣名。是余之舊居，故曰歸。

西雅圖紀遊小集

登颶風嶺〔一〕並序

二〇一六年夏日遊奥林匹克國家公園(Olympic National Park),駕車登颶風嶺。中道遇大雨,四望朦朧,甚覺惆悵,以為觀景無望。未幾雨雲隨山高而漸散,日光就眾峯而照射。遂轉愁為喜,於是引譬連類,以喻人生。

霧鎖太平洋,驅車入渾茫。盤旋幽邃徑,輾轉翠巍崗。雨腳留餘滴,山頭佈日光。白雲横雪嶺,天地任徜徉。

〔一〕Hurricane Ridge.

吼雨林區〔二〕並序

區內遍佈苔蘚,覆蓋樹木,幾不見天。老樹枯死,倒臥林間。遊覽每耽於美景,經日忘歸。乃悟遊於物內,久之則不知物外。

聳直千年樹，繽紛萬物情。層苔披爛漫，斷幹臥縱橫。葉密蟬聲隱，泉流碧玉輕。林深惟見綠，不覩皓天明。

〔一〕Hoh Rain Forest，亦在奥林匹克國家公園。

雷尼爾山〔一〕

山在西雅圖之南，其上終年積雪，雪化為水，涓滴而匯成河流。

陽光映白皚，合沓起銀臺。野馬氛氳佈，層雲次第開。冰含千載雪，溪入幾重垓。灩漾隨流去，何時復轉迴。

〔一〕Mount Rainier.

西雅圖初夏

老樹指蒼穹，遊絲送斷蓬。野莓酸亦澀，花卉豔方紅。百鳥相爭食，孤鷗獨舞空。物情隨所適，俯仰就窮通。

騎行遊翠湖〔一〕

新夏帶微涼，晨曦映綠塘。野鵝羣覓食，水鴨不成行。競步隨熙攘，輕舟任急忙。華州風日好，觀物羨濠梁。

〔一〕Green Lake.

和國強丙申仲秋憶雲端見月

網上雲端伺服邊，金風有信電波沿。嫦娥玉兔輪光上，寄語清暉意浩然。

附：夏國強：〈丙申仲秋憶雲端見月並序〉

前日傍晚，於飛機上見雲端月輪湧出，時長空尚明，月華未顯。小有感慨，草成數句，不揣鄙陋，附記於此。

雲起高丘伴月邊，天風海闊靜無沿。長鯨浮水清空上，大道蒼蒼似此然。

丁酉新歲接衛林贈詩，和之，時在京城

悠揚懷抱內，澹蕩物輕人。歲歲青山舊，年年白髮新。相逢方盛夏，奉和已開春。想像香江暮，望風自出神。

附：劉衛林：〈丁酉發歲〉

嘉歲逢丁酉，芳時憶故人。江山情不隔，雲樹思常新。依舊停雲酌，久違伊洛春。香城花似雪，在處想丰神。

次韻再答衛林

風光催節候，愁煞宦遊人。契闊情懷老，賡揚意象新。拙吟歌下里，君答引陽春。慰藉形骸外，詩心動鬼神。

東瀛行四首

東京大學三四郎池

晨光晞白露，碧影泛清池。石磴盤旋路，林花綺媚姿。樹含千疊翠，水漾百年龜。仿佛塵囂外，仙山自可期。

佐藤浩一教授招呼同遊東京晴空塔

遠眺東京海，蒼茫富士山。雷門天柱聳，淺草水波潺。薄霧無端起，清風有以閒。淩霄情浩蕩，俯視笑塵寰。

唐招提寺鑒真御墳〔一〕

陵園寂寞氣氤氳，伴此澄湖共蘚痕。中土東行倡聖教，瀛洲西逝息孤魂。尊容體道真如法，佛説傳經我所聞。普渡生民無國界，泥洹之境在空門。

〔一〕在日本奈良。

長谷部剛教授駕車帶引訪丹後浦島傳說遺址〔一〕

綿綿雨足紛紛落，早發關西入杳溟。竹映笹山添綠翠，〔二〕波含東海湛清泠。高原步躡天橋立，〔三〕細浪思隨佚女娉。〔四〕靜穆幽深神社內，〔五〕懷仙論道忽忘形。

〔一〕其時鑽研劉晨阮肇之文學傳統，亦稍涉獵日本文學中關於蒲島子之傳說，故有此考察之行。
〔二〕承長谷部教授教：「笹」字在漢語少見，日語發音為「ささ（sasa）」，意為矮竹。
〔三〕天橋立（あまのはしだて）位於京都府北部宮津灣，此行路上景點。當日乘索道登山，飽覽絕景。
〔四〕浦島子乘龜入海遇仙女事。
〔五〕浦島神社，始建於淳和天皇天長二年（八二五），為日本最古老之神社之一。

與長耀陪家父同遊長洲

白浪碎披離，青山朗日熙。閒雲生亦沒，陰影滅還隨。弄水情猶壯，觀魚樂轉悲。長洲風物好，蒼海願無涯。

颱風天鴿襲港

眚氣長空舞，連軒捲浪潮。天威臨宇宙，地籟奏笙簫。樹幹成強項，風刀令折腰。〔一〕造物更榮悴，殘枝伴寂寥。

〔一〕強項令謂董宣之直；折腰用陶潛事。

重訪沙井義德堂陳氏宗祠，代父作並序〔一〕

二〇一七年，歲次丁酉，處暑既過，白露將臨。兒孫同行，鄉里重造。拜謁祠廟，掃祭祖墳。感宗族之源流，傷故鄉之變易；昔日離鄉之沉痛，在港創業之艱難，中心藏之，何日忘之。遂賦詩言志，述祖論事；四言為體，模範先哲，百韻成篇，誡示後生。爰成文辭，乃潤聲采。云爾。

於穆古宇，坐落民坊。克明克類，為序為庠。〔二〕崇墉仡仡，嘉木蒼蒼。琉璃碧瓦，飛甍畫樑。聯額書金，壁畫泛緗。倬彼我系，如圭如璋。維榮維耀，載輝載光；功亦赫赫，業也煌煌；為賢為聖，以正以剛。有典有冊，列宗列房。

遂古之初，天玄地黃；寒來暑往，辰宿列張。〔三〕厥初生民，始自洪荒。虞舜我祖，媯水之旁；〔四〕發於畎畝，〔五〕聖繼陶唐。春秋代序，田齊代王。〔六〕涉廣起義，〔七〕嬴秦云亡。陳蕃陳寔，炎漢棟樑。〔八〕鄴下文會，健筆孔璋。〔九〕齊梁失國，霸先稱皇。叔寶稍遜，〔十〕讓國隋唐。世代興隆，世居潁陽。〔十一〕趙宋初立，濟濟廟廊。陳公古靈，名諱曰襄；〔十二〕朝舉為嗣，宗族顯揚。〔十三〕其葉沃若，清芬流芳；戮力上國，以輔以匡。蒙元代宋，亦猖亦狂。播遷海表，流離滄浪；呼吸瘴癘，躑躅蠻方。閩江粵地，載流載亡；〔十四〕羊城穗邑，〔十五〕迺育迺昌。

沙井建宅，新安作鄉。〔十六〕勤靡餘勞，開拓蠔場。養蠔為業，源遠流長：和合之神，過橋破缸；碎片滿地，棄入河牀。年月荏苒，驚見蠔秧。〔十七〕事出傳說，口耳未忘。近世舉業，步步蹌踉。公諱龍佑，蜚聲詞場。潘氏上聯：「鳳集高岡」；遂對之曰：「龍蟠蒼蒼」。〔十八〕稚兒才具，未可斗量。鄰人側目，欲殺欲戕。孤梟斷翮，〔十九〕何以飛翔？功名路上，乃害乃妨。相國洪恩，無助登堂。〔二十〕彼登科者，籍貫潮陽；割潮歸廣，歸因科場。〔二十一〕譬如為阜，功虧一筐。不稼不穡，胡取稻粱；不琢不磨，豈見玉光？小子識之，誠恐誠惶。

時維土改，躍進自強；歲次戊戌，運逢饑荒。〔二十二〕歉年歉收，不盈傾筐。餓殍隨浪，魚啄人腸。居則無食，處亦無糧；夫無完衣，婦無完裳。幼子抱飢，乃彷乃徨。天衢崢嶸，野徑無光；草迷灘岸，風動危檣。南山海曲，〔二十三〕孤帆遂航。〔二十四〕濁流汩汩，滄海茫茫。流浮山下，暫住堤塘。日居月諸，亦炎亦涼；克勤克儉，歷風歷霜；短褐衣結，啟處不遑；我心孔棘，我情內傷。

經之營之，甘苦盡嘗。載生載育，子女成行。命子命女，繼我宗房：女名曰秀，子名曰強。蘭茝曄曄，豈賴靚妝；苗而不秀，繈褓而殤。〔二十五〕年年歲歲，念之斷腸。哀哀父母，悠悠上蒼。蓼莪劬勞，豈忍便忘；棠棣友于，夜夜北望；風燭枯葉，豈耐嚴霜？零落略盡，言痛言傷。生死永訣，無由奔喪。〔二十六〕天乎人乎，乖絕倫常；時也命也，隔若參商。〔二十七〕青山南山，〔二十八〕水道相望；深灣深海，〔二十九〕浩浩湯湯。

歸鳥翼翼，連軒低昂；白雲靄靄，任風飄颺。後嗣繁衍，在水一方。莘莘子弟，宗族是昌；濟濟人才，紀功在牆。文韜武略，〔三十〕詩教禮防。越陌度阡，過海飄洋。

卜云嘉日，占亦辰良，歸來拜謁，謹記濫觴。愧無嘉蔬，亦乏豚羊；禮儀香火，祖墳祠堂。載欣載奔，意氣高揚。家族宴會，樂且無央。

興盡悲來，情牽舊鄉：江流活活，河水洋洋；基圍石壆，昔日徜徉；鹹田涌口，魚米之鄉；遼東鶴去，〔三十一〕滄海成桑。〔三十二〕大廈高構，交衢康莊；南山穿洞，前海營商；〔三十三〕大鏟小鏟，南頭西鄉，〔三十四〕珠江兩岸，車駕長揚。不見魚蝦，詎覩蠔塘？鄉音湮滅，〔三十五〕鄉土淪亡；福永不再，惟見機場。〔三十六〕思之淒梗，念之淒涼。

年已髦耋，夙願既償。且樂身前，福壽而康。祠堂尚在，源遠流長。世界如何，天命靡常。有典有則，既實且翔，記言記事，具見文章，稼穡之艱，〔三十七〕記載亦詳，詒厥孫謀，〔三十八〕莫失莫忘。匪面命之，耳提否臧。〔三十九〕維爾之則，維爾之綱。永為寶用，吉利無疆。

二〇一七年十月一日，朝舉公後嗣第二十八代男偉強敬作。

〔一〕家父諱鋭成。

〔二〕祠堂兩則廂房曾用作學校，故云。

〔三〕父少失學，嘗過學堂，聞宗族弟兄朗朗然，背誦《千字文》。父雖不識字，有過耳不忘之異能，至今仍倒背如流，隻字不差。此處引《千字文》開篇，既敘天地初開，亦記父之志趣。

〔四〕虞舜為陳氏始祖，發祥於媯水，故先祖媯姓。媯水在今山西省永濟縣南，源出歷山，西流入黃河。

〔五〕《孟子．盡心下》：舜發於甽畝之中，傅説舉於版築之間，……。故天將降大任於是人也，必先苦其心志，勞其筋骨，餓其體膚，空乏其身，行拂亂其所為，所以動心忍性，增益其所不能。蓋以先祖之磨煉以勵志也。

〔六〕陳完奔齊，為田氏始祖，六代孫田成子篡齊。見《左傳．莊公二十二年》。

〔七〕陳勝字涉，與吳廣揭竿起義反秦。

〔八〕陳蕃字仲舉，汝南郡平輿人，東漢桓帝、靈帝朝為尚書、僕射、太尉、太傅等職。陳寔字仲弓，穎川許人，桓帝時為太丘長，修德清靜，百姓以安。與子陳紀、陳諶時號「三君」。

〔九〕陳琳字孔璋，建安七子之一。魏文稱其「章表殊健」。

〔十〕陳霸先之立陳朝，何其壯也，至叔寶之荒淫失國，何其衰也。

〔十一〕我祖歷居河南穎川。

〔十二〕陳襄，謚古靈，北宋名臣，有《古靈集》。

〔十三〕古靈子朝舉公，為陳氏先祖第一代。其墓在今深圳寶安區雲霖崗。

〔十四〕陳友亮奔閩事也，卜居福建侯官。

〔十五〕先祖自福建遷至廣州也。以上據北京大學藏幾種陳氏家譜。另有記載云：自朝舉公以下皆在寶安沙井一帶繁衍，未提福建、廣州事。

〔十六〕新安縣為寶安縣之舊名。

〔十七〕和合之神，源自寒山拾得，流入民間傳說，遂化而廣之。蓋養蠔之為業也，其源茫然，好事者以和合神為始祖，其說云云。

〔十八〕其聯曰：「鳳集高岡佇看文明天下；龍蟠沙井行將霖雨蒼生。」傳為潘甲弟氣盛，欺沙井陳氏無人，出上聯並獎金白銀一斗。時陳龍佑年僅八歲而對以下聯云云，取銀而歸。此聯現懸於祠堂正門，記此佳話。

〔十九〕潘甲弟見陳龍佑年少有才，懼沙井之發跡，乃視陳氏祖墳，知其為母鴨風水地，遂以鋤頭挖土，斷鴨之翼。母鴨，粵方言曰鴨乸。

〔二十〕梁柱為相，欲以陳龍佑為金科狀元。豈知潘甲弟派人於龍佑上京路上之蘇州，安排美女迷惑，令其錯過科期。相國期之而遲遲未見，皇榜三日不發，龍佑不至，遂舉潮州某生為狀元。待龍佑至日，相國謂之曰：「生遲遲未到，老夫以為汝遭不測，死在路上。」豈料一語成讖，龍佑遂染疾，未幾卒。

〔二十一〕梁柱，粵人也。是年以潮州士子某生為狀元，梁妻執柱手向外扭之，柱不勝其痛，妻曰：痛乎？此謂「手指拗出不拗入」，公何以薦舉外人而不薦同鄉人？公無奈，乃上奏議割潮歸廣。潮州之入廣東由此而起。稗官野史云爾。

〔二十二〕一九五八年中共土地改革；同年有「大躍進」。時值饑荒，全國受災，餓殍遍地。

〔二十三〕南山在深圳灣半島，父任此石礦場工人，日得「九両米，二錢油」為食，未足果腹。

〔二十四〕此「借船渡海」事也。父既濟彼岸，乃觀風向，升帆推船，無人掌舵，送船歸還。

〔二十五〕次女名秀蘭，甫滿二歲，適發麻疹，偶感風寒，未幾而夭。

〔二十六〕父之父、兄之離世，在六、七十年代。時粵港關口管制甚嚴，無由送葬。

〔二十七〕參商二星，此出彼沒，永不得見。

〔二十八〕青山在屯門，與南山一水之隔。

〔二十九〕深灣即后海灣，今所謂深圳灣。

〔三十〕祠堂陳列宗族之佼佼者，除獲取博碩士學位之子弟，亦有發揚武術之子弟，即族叔陳培及其長女美美。培叔與家父情同手足。其父文革時被打成地主，批鬥至死。其兒女均在外，村中無人敢收葬其屍首；家父乃念同宗之情，冒險埋之，遂得入土為安。培叔至今仍感念舊恩。

〔三十一〕《搜神後記》：丁令威，本遼東人，學道于靈虛山。後化鶴歸遼，集城門華表柱。時有少年，舉弓欲射之。鶴乃飛，徘徊空中而言曰：「有鳥有鳥丁令威，去家千年今始歸。城郭如故人民非，何不學仙冢壘壘。」

〔三十二〕《神仙傳．王遠》：麻姑自說云：「接待以來，已見東海三為桑田。」

〔三十三〕南山隧道，是年通車。前海嘗為鄉村，今為商業區，高樓林立。

〔三十四〕大鏟小鏟為二島嶼，在珠江口，父昔日常駕船往來其間。南頭西鄉皆村名。珠江一帶皆以捕魚養蠔為業，故下文云云。

〔三十五〕近年沙井發展，外來人多，沙井話遂漸衰微，街談巷議率以普通話及廣州話為主。

〔三十六〕寶安機場在福永。此取其雙關義，言世事難料，福不得永也。

〔三十七〕《尚書．無逸》：君子所其無逸。先知稼穡之艱難，乃逸。

〔三十八〕《詩．大雅．文王有聲》：詒厥孫謀，以燕翼子。

〔三十九〕《詩．大雅．抑》：於乎小子，未知臧否。……匪面命之，言提其耳。

同瀚翔遊羅湖邊境〔一〕

碧綠蔚藍一水間，劃分國土斷關山。遙望峻宇排雲立，此岸青葱獨得閒。

〔一〕瀚翔，小兒名諱。

答國強丁酉仲秋不見月有感

雲氣掩蒼穹，秋霖濕亂蓬。月暈羞既掩，花色豔方濃。維港饒燈色，天山渺夜空。春風羌笛意，詩韻任交通。

附：夏國強：〈丁酉仲秋不見月有感並序〉

丁酉年八月十五夜，烏魯木齊有微雨，不見月色，微有憾意。忽念月懸空而自圓，一人之不見又何憾焉。乃書數句以為記。

夜色染隆穹，風輕亦轉蓬。雲來燈語暗，葉落雨聲濃。遙望天山寂，低吟古道空。他鄉成對影，不必歎窮通。

答衛林中秋絕句

時序運春秋，星河脈脈流。得君清麗句，心意自飄悠。

附：衛林元玉

佳節又中秋，年光歲月流。懷君在清夜，雅詠思悠悠。

贅者王師傅針灸[一]

針石任優游，神行若解牛。逌然通合谷，[二]偶爾過梁丘。列闕炎炎夏，商陽颯颯秋。靈台窺內景，指掌區中遊。

[一] 王師傅名兆寬。余有舊傷多年未癒，往求助焉。其館在深圳。

[二] 合谷、梁丘、列闕、商陽皆穴位名，此用雙關義。

懷鄉憶舊六首

其一

流浮山腳下，白日水長湫。虎草望蛇口，〔二〕崩崖匯激流。蠔田隨汛汐，落日伴歸舟。浪起游魚躍，吖吖海上鷗。

其二

盈虧自有期，潮汛互推移。月出岡巒上，雲遊木末時。圓光何皎皎，樹影自離離。唧唧無情語，縈縈有所思。

其三

所思在故園，所念在鄉村。景物如魚樂，情思若駿奔。天河望宇宙，故地奉晨昏。耿耿懷歸意，營營戀舊軒。

其四

漁歌伴扣舷，小艇繫蠔船。碧水疑平鏡，雲山雜遠煙。風生水蕩蕩，鷺起翼翩翩。偶悟魚之樂，忘機豈用筌。

其五

機心何所圖，志業寄海隅。欽羡雲中鶴，遊觀水上鳧。魚蝦誠有託，衣食但無虞。不識顏如玉，未聞櫝裏珠。

其六

棲遲在水濱，浪汐伴霄晨。雨露經寒熱，風霜歷苦辛。嚴威雖酷烈，收穫亦紛綸。但願長如此，經冬復歷春。

〔一〕虎草村，位於流浮山北。又北二里，岸邊有小山若破甕，土色微紅，村人名之曰「崩山」。

重登針山

蒼莽針峯瞰上峯，[一]連綿石路遠繁華。聲聲鳥語圓而潤，樹樹蒼松直復斜。溟漠心期三山渺，虛無步躡九雲遐。千尋峽谷傳迴響，日暮空中一老鴉。

〔一〕針山下為沙田上禾輋村。

重訪悉尼飛機降落時作

蒼茫寥廓辨藍山，雲氣涵虛罩海灣。幾許崎嶇山路曲，如何嫵媚月牙彎。劉郎再訪仙姝洞，樵客方觀博弈間。劇院鐵橋臨港岸，[一]白鷗依舊任迴環。

〔一〕悉尼歌劇院（Sydney Opera House）與悉尼港灣橋（Sydney Harbour Bridge）。

春日重登龍脊山〔一〕

乘龍翔白霧，仿佛入崑崙。近岫浮懸圃，長天指帝閽。船航迷躑躅，鳥跡任連軒。鶴嘴臨東海，〔二〕波閒石澳村。

〔一〕香港島龍脊山（Dragon Back）。
〔二〕鶴嘴（Cape D'Aguilar）為山下半島，毗鄰石澳村。

京華重陽送別岳丈並序

寒食既過，寒厲之氣猶嚴；清明時節，清冷之風遂新。於是備冥錢，行莫禮，感先人之遺愛，盡後輩之孝行。始發東城二環路，熙攘市區，徐至西里八寶山，蕭瑟公墓。既拜以進，爰揖而恭。謁先人之靈牌，接逝者之遺灰。於是北京之大路康衢，南苑之斜坡郊道，載行載驁，且泣且哀。送之荒山，安之中野。子孫永念，親戚長懷。岳丈姓張諱社君，以丁酉之秋受傷，旬月之間離世。享壽八十有三，終年二〇一七。卜葬之地，城南近郊之丘；長眠之鄉，山中遠人之徑。其墓也，毗鄰大舅之所息，遙距子息之所居。四野無人，孤魂有伴。晨昏得以侍奉，風雨有以扶持。大舅之逝也，前年罹不治之惡癧，朞月聞不祥之凶訃。岳丈以耄耋之歲，喪子於須臾；大舅以耳順之齡，辭家於仿佛。傷如之何，天意如此；痛如之何，天命靡常。庚子山之悲，孤苗不秀；江文通之恨，百草同凋。於是彤雲兼天，雨水商略而滴瀝；朔氣接地，雪花紛飛以飄揚。爾時春意闌珊，花香馥郁；桃紅柳綠，叵耐長離；我存彼亡，惟思永逝。雖知半言片語，難寄其情；乃作一詩一詞，以紀其事。

節候清明細雨濛，炎涼更迭待春風。一夜紛紜飛霰雪，滿山馥郁雜青葱。塘邊古柳含油綠，路上新梅綻豔紅。歎息繁華何易逝，累累荒塚伴秋蟲。

柳嫩梅紅正嬌嬈，無情天寒，復值狂飈。碧桃紫李任摧殘，零落同泥，玉殞香消。　寒食清明節令招，車如流水，孝子如潮。城南城北歲華新，誰與爭妍，寂寞含嬌。（調寄〈一剪梅〉）

遊沙田道風山基督叢林中式庭園

山景鬱嵯峨，耶穌對佛陀。〔一〕鳥聲方婉轉，樹影漸婆娑。偶沐施恩雨，時聞頌聖歌。蓮花陪上帝，〔二〕文化遂融和。

〔一〕毗鄰萬佛寺，故云。
〔二〕窗飾銅鐘圖案有十字架在蓮座之上者。

憶舊遊與如谷勝寒對酌燕園〔一〕

塞萬提斯共舉觴，〔二〕風荷啤酒醉銀塘。同攀杏樹窺新月，〔三〕寄語流星夜未央。

〔一〕昔年於北大常與好友奚如谷（Stephen H. West）、羅秉恕（Robert Ashmore）小酌聚會。
〔二〕園內有塞萬提斯（Miguel de Cervantes，1547–1616）銅像。秉恕呼之曰「老塞」，亦吾等之「哥們兒」也。
〔三〕昔年與秉恕同爬之銀杏樹，其幹且拱把，今已十圍，欲參天乎？

夏威夷小集

二〇一八年六月自西雅圖赴夏威夷旅遊，權作小兒之畢業旅行。爰成篇什，以紀觀物。

曼奴阿瀑布[一]

一水如絲嶺上來，趨奔亂石競喧豗。飛流噴瀉虹蜺舞，鳥囀松風谷內迴。

〔一〕Manoa Falls.

檀香山懷古

深塚長埋張少帥，[一]學堂記念孫中山。[二]檀香嫋嫋風光麗，[三]海島逍遙遂得閒。

〔一〕張學良墓在廟宇谷（Valley of the Temples）。

〔二〕畔納荷學校（Punahou School），孫中山母校，美國總統奧巴馬（Barack Obama）亦就讀此校。

〔三〕其地之得名，始於盛產檀香。此句想像檀香煙火之優美景象。

馬卡普烏崗眺望太平洋〔一〕

登臨逐鳥翱，目下浪滔滔。水色青含翠，天風急轉高。草坡翻麥浪，野雀起蓬蒿。燈塔何寂寞，長鯨戲巨鼇。

〔一〕Makapu'u Point。本書封面景物為此首詩所述之實景。

珍珠港二首〔一〕

其一

華夏如何威外夷？〔二〕連年抗戰苦淒遲。珍珠在櫝韜光豔，記得神風突襲時。〔三〕

其二

戰機軍艦若龍盤，炮火隆隆憶軍官。當日受降船上事，〔四〕長波短浪夕陽灘。

〔一〕Pearl Harbor.
〔二〕嵌「夏威夷」三字。
〔三〕日本神風特攻隊（Kamikaze）於一九四一年十二月八日偷襲珍珠港。
〔四〕密蘇里號戰艦（USS Missouri BB-63）甲板為當日受降儀式舉行所在。

瀚翔畢業

稚兒雀躍學飛翔，憂喜盈襟淚兩行。落葉新花觀序歲，金烏玉兔紀行藏。綿蠻翼翼思高遠，慊闊煢煢念渺茫。歷盡華夷經美澳，〔一〕安知家宅在何方？

〔一〕兒生於美國，四歲隨父母至澳洲，九歲至香港，十七歲赴美升學。

西雅圖出遊二首

班橋島舟中觀浪〔一〕

悠悠極目太平洋，疊疊長瀾接混茫。利涉航行橫碧鏡，羲車照耀動波光。時而逼視何洶湧，偶亦遐觀乃徜徉。但羡飛沉安宇內，如何江海兩相忘。

〔一〕Bainbridge Island.

聯合灣濕地〔一〕

朝雨續春霖，清波碧泛金。野鵝隨蕩漾，水獺自浮沉。狡兔逐其侶，山花慰此心。貪歡憂日晚，返景入深林。

〔一〕Union Bay.

與長耀、樹雄遊長洲二首

舟中

日耀映粼粼，波光綠帶銀。青天連碧海，白浪接皚雲。靜躁游魚樂，飛沉水鳥親。起伏湍流勢，誰明幻與真？

歸航

長洲海岸白沙長，向晚風清月淡黃。幾朵綿雲編錦繡，南丫三柱向重洋。〔一〕

〔一〕南丫島上電力站之煙囪，俗稱「三炷香」。

第十九屆唐代文學會上作〔一〕

李杜文章光百代，皇唐學術盡繁華。崑崙蜀地千山路，上海姑蘇八月槎。〔二〕冉冉流年添白鬢，葱葱蘭茝綻瓊葩。長河落日餘暉永，細草微風石徑斜。

〔一〕二〇一八年八月二十八日於上海復旦大學。

〔二〕此前唐代文學會舉辦地有天津、烏魯木齊、成都、蘇州等。

同秉恕登青衣觀景臺並序〔一〕

維戊戌之初冬，值詩學之盛會，賢兄枉駕，愚弟恭迎。荏苒光陰，歎星雲之澹蕩；蹉跎歲月，羡夜色之清新。乃念平素，輒懷舊遊：咀嚼莊子糟粕之言，登臨熱河棒槌之石。〔二〕佟園勺園，〔三〕同酌啤酒；五院六院，〔四〕共斟詩文。攀銀杏之枝條，賞風荷於池畔。課堂接席，球場同歡。尋潭柘之清幽，賞香山之豔麗。〔五〕牛斗之宿，何曾相離；參商之辰，叵奈永隔。昔日遊處，憬然赴目；曩時樂趣，油然在懷。於是觀景臺上，放目遠望；占星夜中，閒情存想：青馬汀九之巨構，赤螭蒼虬之幽姿。討論〈大人〉，漢武凌雲之志；拼湊小詩，陶潛〈榮木〉之心。〔六〕辭云：

榮光五彩耀紛綸，宛若螭虬守巨津。燦爛燈芒催落月，蕭森朔氣逐秋旻。三千里路青雲外，二十餘年白浪濱。共躡中天窮睇眄，銀臺倒景絕纖塵。

〔一〕二〇一八年十二月十八日，同門羅秉恕（Robert Ashmore）教授蒞臨敝校參加詩學研討會。觀景臺位於青衣島小丘上，俯覽汲水門水道，青馬、汀九二橋在目。

〔二〕昔年同遊承德，登蛤蟆石、棒槌山。

〔三〕佟園為校內清真餐館，勺園為秉恕所居，上有留學生宿舍，下有食堂、酒吧。

〔四〕北大中文系當年位於五院內，毗鄰六院。

〔五〕嘗同遊潭柘寺、香山公園。

〔六〕陶潛〈榮木〉序：「榮木，念將老也。日月推遷，已復九夏，總角聞道，白首無成。」

和衛林己亥發歲，時在京華

己亥詩心好，香蘭義氣濃。春風輕亦杳，春靄散還溶。開牖飄新雪，懷仙慕遠峯。晴陰隨大道，觴詠網中逢。〔一〕

附劉衛林：〈己亥發歲〉

己亥春來好，香城淑氣濃。春山長杳杳，春水日溶溶。開歲花如雪，懷人月在峯。晴窗思遠道，觴詠會相逢。

〔一〕謂互聯網。

己亥新春京九線火車上作

隆隆軋軋復隆隆，軌道縱橫大地通。穿越江河追逝水，遊觀草木瞥驚鴻。荒原乍現初春雪，朔氣時侵老樹風。一夢長沙荊楚路，瀟瀟煙雨澹濛濛。

山行

清明清氣爽，朝霧映朝暾。岌岌尋山路，淙淙聽水源。壑深迷哲理，溪淺漫卮言。意逐松風響，心隨鳥雀喧。

春日遊泰山四首並序

泰山岱宗，五嶽之尊，九州之聖。余嚮往久矣，今得造訪焉。是時也，值暮春之清和，時芳競豔；當復活之佳節，(一)眾鳥爭喧。乃遊天門，造日觀，攀爬五千石級，賞覽數百名碑。若通神靈，呼吸沆瀣之肸蠁；如臨仙界，登躡鴻蒙之杳冥。李杜文墨，此地留題；漢唐武功，斯山見證。史跡歷然在目，教化肅然銘心。亦足撫慰平生，頤養正氣。於是五言賦感，八句抒懷。時在二〇一九年四月。

其一

五嶽多神秀，茲山獨出羣。重崖爭犖确，眾卉競繽紛。縱目隨歸鳥，登高入紫雲。悠然瞻魯國，天海接東君。

其二

孔聖登臨地，青蓮躡碧空。層雲翻白浪，石柱戳蒼穹。鐫刻秦皇史，封禪漢武功。逍遙望巨壑，存想入無窮。

其三・和杜甫〈望嶽〉之一

少陵題詩來，千載情未了。賢愚何足論，榮辱未分曉。神理曠蕩胸，妙象連軒鳥。登峯望雲崖，乃覺眾山小。

其四・和杜甫〈望嶽〉之二

絕頂何巍巍，壯心何了了。重岫生重雲，天雞報天曉。意愜羨林泉，慮澹思魚鳥。決眥何所見，滔滔天下小。

附：杜甫〈望嶽〉

岱宗夫如何？齊魯青未了。造化鍾神秀，陰陽割昏曉。盪胸生層雲，決眥入歸鳥。會當凌絕頂，一覽眾山小。

〔一〕復活節假期（Easter Holidays）。

曲阜孔廟

憂道不憂貧，周遊偶厄陳。六藝傳千世，五經化萬民。刪詩倡復禮，纂史重行仁。世若存王道，何勞獨問津。

濟南遊

泉城多勝景，垂柳復垂楊。柳絮疑飄雪，楊風雜暗香。游魚橋下樂，水鳥溝邊忙。萬物隨天性，江湖忽兩忘。

端午日與如谷、中玉重聚於香江故里〔一〕

藍天碧海伴驕陽，夢遶京華與異鄉。南北西東三十載，流浮山下話濠梁。

〔一〕二〇一九年六月七日，好友奚如谷（Stephen H. West）、曹中玉（Joanne Tsao）夫婦來訪。時與如谷相識已三十載。

遊金山嶺長城二首

其一

玉闕金山上，巍峨奪化功。高松含翠綠，野杏綻新紅。石建千秋業，墉連六國同。秦時明月在，光照九州雄。

其二

碣石臨滄海，金河過雁門。紅霞生雉堞，淡月待朝暾。鼠畏晨遊客，雞啼戰士魂。憐君長遠戍，今古共煩冤。

荊楚遊小集

二〇一九年六月，武漢大學吳光正教授邀請參與研討會。會後至黃州、黃岡之禪宗四祖寺、五祖寺及坡公遺跡如赤壁、安國寺等考察。由吳教授帶領，同行有程章燦、朱剛、徐永明、衣若芬、何詩海、金敏鎬、陳斐、羅曼玲等教授；由崇諦師父導遊，獲益良多。崇諦師父，禪宗慧公長老之高足也。

同佐藤浩一教授登黃鶴樓

唐人題詠處，今日始登臨。壁畫飛黃鶴，詩情撫素襟。孤洲鸚鵡島，兩岸漢陽林。景物憑馳想，同君誦雅音。

宿安國寺

東坡參悟地，寶塔入青雲。〔一〕赤壁臨江水，黃州戒酒葷。晚來梵唄誦，夜盡犬聲聞。靜躁隨心境，何由雜妖氛？

〔一〕在湖北黃州。寺有青雲塔，始建於明代。

隨崇諦師父登五祖寺後之東山並序

山頂金殿，富麗堂皇，未竣而停工，賦此以寄意。

鳥噪林泉靜，山幽石徑通。由旬量定慧，〔一〕劫運悟窮通。〔二〕金殿成荒地，化城散碧空。泥洹含二諦，無始亦無終。〔三〕

〔一〕由旬（yojana）為梵文之量度距離單位。定慧為「戒定慧」之略，佛家「三學」，即由完善品德至平靜內心，而至於提升智慧。

〔二〕劫（kalpa），時間單位。佛教以為：世界經歷若干萬年而毀滅，再重生，為一劫。

〔三〕泥洹即涅槃（nirvāṇa）。《妙法蓮華經．化城喻品第七》：譬如五百由旬，險難惡道曠絕無，人怖畏之處。若有多衆，欲過此道至珍寶處。有一導師，聰慧明達，善知險道通塞之相，將導衆人，欲過此難。所將人衆，中路懈退，白導師言：我等疲極而復怖畏，不能復進。前路猶遠，今欲退還。導師多諸方便，而作是念，此等可愍，云何捨大珍寶而欲退還？作是念已，以方便力，於險道中過三百由旬，化作一城。告衆人言：汝等勿怖，莫得退還，今此大城，可於中止隨意所作。……於是衆人，前入化城，生已度想，生安隱想。爾時導師，知此人衆既得止息，無復疲惓，即滅化城。語衆人言：汝等去來，寶處在近，向者大城，我所化作，為止息耳。諸比丘，如來亦復如是，今為汝等作大導師，知諸生死煩惱，惡道險難，長遠應去應度。若衆生但聞一佛乘者，則不欲見佛，不欲親近，便作是念。佛道長遠，久受懃苦，乃可得成佛。知是心怯弱下劣，以方便力，而於中道為止息，故說二涅槃。

念奴嬌·訪赤壁和坡公大江東去

黃州題墨，筆鋒下、多少人間風物？舊日園池，來到了、北宋東坡赤壁。飛閣臨皐，長河改道，歷盡寒江雪。流離顛沛，乃成千古豪傑。　山下蘭芽之溪，空庖燒濕葦，詩情清發。昔在高密，登覽間、功業榮名俱滅，乃命樓臺，超然可樂，九夷窮髮。陰晴圓缺，春風還待秋月。

盛夏長洲觀日

淡淡紅霞隨浪起，蒸蒸日出始溫存。曙光警醒吳牛月，〔一〕古史論評晉相暄。〔二〕赤帝標風吹石澳，金烏烈焰撼屯門。〔三〕無何大運催秋氣，搖落芳華委故園。

〔一〕用《世說新語》吳牛喘月事，喻因多疑而多懼。

〔二〕趙衰趙盾父子先後為晉相，賈季云：「趙衰乃冬日之日，趙盾乃夏日之日。冬日賴其溫，夏日畏其烈。」

〔三〕石澳在東，屯門在西北。此言日出入之路線。

芬斯頓堡望海〔一〕

荒忽太平洋，微波入渺茫。餓鷗浮海角，野雀逐山岡。靜躁隨人願，高低賴自強。金門迎巨浪，汩汩道興亡。〔二〕

〔一〕Fort Funston。在三藩市西南。
〔二〕金門橋（Golden Gate Bridge）為二戰時期之重要屏障。

登三藩市雙子峯〔一〕

傲岸雙峯頂，登臨志所欣。塵心浮碧海，俗氣入閒雲。船過滄波湧，鯨翻白浪分。眾生無巨細，黽勉自長勤。

〔一〕Twin Peaks.

訪中山大學珠海校區

海上生紅日，暄妍萬里光。長橋通港岸，[一]大道入膠庠。浪過沙紋亂，珠潛伏采揚。秋風催旅雁，月影散清霜。

〔一〕港珠澳大橋。

和衛林五絕

節候韶光好，春深意襲人。何當風雅頌，共詠歲華新。

附：衛林原玉

林下杜鵑好，春深憶故人。一枝遙寄遠，遲日思尤新。

酬衛林偶題絕句

春意何瀰漫，飆風落杜鵑。春華方萎絕，節物自暄妍。

附：劉衛林：〈偶題〉

春水方迷漫，春山泣杜鵑。一城傷疫癘，芳卉為誰妍。

讀劉賓客武陵桃源詩

兩岸桃花夾道開，仙源福地絕塵埃。湘江汩汩流年月，爭奈秦兵入洞來。

答衛林中秋贈五絕一首

詩心隨皓月，皎潔喚閒人。解會清輝意，同歌物候新。

附：衛林原作

皜皜中秋月，清光想故人。海天雖有隔，離思逐時新。

述劉賓客遊武陵事贈魏寧並序

余摯友魏寧，美國人。來港十年，常有歸歟之歎，頗感無奈；近日終如願以償，將回國執教。作此以贈。

輕舟入洞逐神仙，絕境蹉跎忽十年。湘水長安無限路，問君記否舊園田。

閨思答衛林偶題

幾許春風渡玉關，行行遊子幾時還。閨情千里慇懃意，夢斷盈盈碧水間。

附：劉衛林：〈偶題〉

疫癘嚴寒久閉關，觴吟佳日幾時還。長思嘉友同行好，雲樹相望一水間。

辛丑元旦疫情下未能赴京有感與衛林、國強唱酬六首

寄衛林

紛紛㵳漫雪橫斜，歲歲京城羨物華。花色芊妍誰共賞？可堪咫尺若天涯。〔一〕

〔一〕衛林在港，但未能相見，故有咫尺天涯之歎。

衛林和詩

佇望中宵北斗斜，經年故舊在京華。洛陽花雪同遊好，咫尺來思在海涯。

余又和之

西海生雲日影斜，黃昏欲暮斂光華。花箋寄贈深情意，知也無涯慰有涯。

寄國強

紛紛瀰漫雪橫斜，歲歲京城羡物華。花色芊妍誰共賞？可堪西域杳天涯。〔一〕

〔一〕國強在新疆，故末句改三字。

夏國強：〈天山腳下步偉強韻作〉

天山夜雪路痕斜，萬樹瓊枝展玉華。燈火人家一樣賞，東南西北不分涯。

余又答曰

憶昔同遊石徑斜，翩翩春燕舞春華。天山維港無窮路，銀漢迢迢隔水涯。

沙田海即景二首

春花

半濕凝羞露色鮮，紅黃紫白總堪憐。不知疫癘知寒暖，含睇芳春媚芳年。

鶴汀

連軒白鳥共嬉遊，習習紛紜落石洲。兩兩三三爭舉翼，沖天逐浪任優游。

吐露港二首

初夏

天海風雲仙嶺下，[一]青藍黑白映朝暉。花間蜨蝶翩翩舞，葉上蜻蜓款款飛。餓鶴尋蝦方覓食，沙鷗逐浪欲忘機。流心物外隨玄覽，感至何煩辨是非。

〔一〕八仙嶺，在吐露港東北，山上八峯相連，因以道教八仙名焉。

仲夏

風靜海閒紋，波翻鶴失羣。觀魚耽逸樂，羨鳥逐殷勤。一水通嵐岸，〔一〕八仙混紫氛。〔二〕何勞占汛汐，漁艇入殘曛。

〔一〕嵐岸，屋苑名，英文 Sausalito，位於吐露港南端，城門河流入沙田海處。「嵐」對「紫」，蓋借「藍」音。空海《文鏡秘府論・二十九種對》所謂「聲對」也。

〔二〕八仙，見前首註。

奉和衛林〈辛丑孟夏〉

端午新蒸糉溢香，匆匆序歲過青陽。連翩蛺蝶思儔侶，一念山高水更長。

附：劉衛林元玉

照眼榴花角黍香，歡言佳節又端陽。海隅勝日思嘉侶，永憶同行故意長。

接衛林重讀奉賀詩侶舊作感賦感舊奉和

妙曲嚶鳴韻亦同，河西十載復河東。神遊汗漫親風雅，寫入優游歲月中。

附：劉衛林贈詩

二十年來屬和同，散珠墜玉滿天東。清懷歷落饒奇氣，都付聯吟逸調中。

辛丑仲夏，疫情稍緩，風雲變幻，與長耀重遊長洲

早發霧初濃，新晴見碧空。乘槎入漢渚，訪道覓仙蹤。浪疊青藍海，雲生黛綠峯。涼颻如有意，送雨滌凡胸。

代長耀題梅窩無名士多

素心惟自得，無名士亦多。何勞爭席位，江海任婆娑。

辛丑中秋望月懷友

萬家燈火映天津，圓璧瀉光水泛銀。耿耿清輝籠宇宙，星光作伴耀秋旻。

戲作離合追和衛林中秋贈詩

日月何明麗，秋心夕夕多。寸身言謝意，水可接天河。

附：劉衛林〈辛丑中秋奉賀師友〉

千里同明月，清光此夕多。天涯應咫尺，未有隔關河。

【詞】

好事近・新婚

日暖自天新，花吐百妍千色，澹蕩水波微冷，看一雙鸂鶒。　枝頭連理蝶連翩，好夢盼朝夕，宛在水中湖上，願同諧琴瑟。

望海潮・結婚一週年贈內〔一〕

蓬蓬春意，嫣紅姹紫，名園一片新花。朝日映暉，山青水靜，微風燕子輕斜，雲樹聽啼鴉。一雙蝶飛舞，穿插交加。對對游魚，逐嬉蓮葉戲蒹葭。　迢迢萬里京華，賴良緣共繫，有女同車。重記舊遊，曾攜手處，纏綿羨煞人家。前事似層紗。怨新婚倏別，乖隔天涯；今又團圓共醉，離恨化塵沙。

〔一〕時在美國博爾德（Boulder）科羅拉多大學校區。

風入松·答洪教授肇平

新詞一闋慰平生，妙語敍衷情。情辭兼美多教益，秋風送，吹籟彈箏。音韻神思佳句，高山流水詩盟。　嵇琴阮嘯早心傾，慕朗誦天聲。子猷夜訪戴君意，乘清興，興盡還縈。那得蘭亭重聚，獅山腳下龍城。

附：洪肇平：〈風入松·贈陳偉強教授〉[一]

芳洲社集識先生。接席感深情。文章氣類相憐際。對知音、似撫琴箏。舊譜朱絃猶在，酬形贈影新盟。　有風傳韻最心傾。賞彼蕩天聲。今朝接柬招邀我。奈周末、有課牽縈。辜負獅山雅聚。舉頭悵望龍城。

〔一〕余主辦「有風傳雅韻」獅子山古典詩歌朗誦會，邀請洪教授參加活動，教授以詞代書回覆。

和衛林壬辰發歲惠賜憶江南詞

春節日、細雨灑長天，洗刷紅塵施潤澤，銀霜白露飾高軒，一覽盡葱芊。　年宵市、芳樹雜嫣然，桃李不知詩酒樂，感君寄語賀新年，妙語抵千言。

附：劉衛林：〈壬辰發歲寄贈憶江南詞〉

春料峭、極目水雲天。零雨微濛思遠道，停雲靉靆佇東軒，春草又芊芊。　迎芳歲、桃李笑依然。別後故人縈舊夢，春來欣願共嘉年，詩酒契忘言。

附：劉衛林：〈再奉呈次韻小作憶江南〉

春容好，踈雨杏花天。祝願故人長筆健，相期新歲共騰軒。藻思日綿芊。　涵佳氣，對景倍怡然。俊賞芳時容屬句，同懷美意樂延年。感激遺蘭言。

憶舊遊

二〇一二年初夏重訪北大朗潤園一新先生故宅。

對垂楊細柳，燕語鶯歌，微雨重雲。竹影輕搖漾，拂愁心亂緒，瀝瀝紛紛。小池舊水全涸，何處覓萍蘋？滿眼盡離離，荒樹野草，雜沓紛紜。　前塵、一回首：小徑入疏籬，如見詩魂。偶亦吟風月，縱芳菲纖豔，猶念清芬。強將意象重理，添了新淚痕。怨暮雨瀟瀟，無情灑落三尺墳。

沁園春・饒宗頤國學院成立誌慶

郁郁乎文，禮樂詩書，赫赫有周。自狂秦虐後，五經博士，劉班馬鄭，志繼春秋。漢魏隋唐，辟雍太學，館閣莊嚴日影悠。傳風雅，賴鴻儒祭酒，國史編修。　饒公享譽全球，蓋學養精深而寡仇。擅經史子集，詩詞曲賦；丹青妙筆，鐵畫銀鈎。公之高名，以名學院；國學其昌繫五洲。斯文在，讀三墳五典，林府同遊。

臨江仙・西雅圖深秋

落葉紛飛催節候，春歸卻待何時？瀟瀟冷雨洗園池，野鴻南徙，野鴨尚游嬉。　鴻雁家鄉何處是？歸來記否芳菲？北風颯颯路遲遲，離憂幾種？寂寞念佳期。

滿江紅・秋日重遊科羅拉多校園

合沓山頭，白雲起，蜃樓騾結。憑軒眺，青青鬱鬱，崖壁稠疊。溪水淙琤生卵石，孤梟寂寞尋魚鱉。莫怨嗟，物色不留人，西風烈。　秋未盡，彌天雪；秋葉落，芳菲歇。歎年華易盡，向誰言說？疇昔同遊同接席，如今空記空中月。洛磯山，山脈亙連綿，峯如割。

浣溪沙・結婚二十五週年

幾許年華幾許親，山高路遠月和雲，川流永逝渺無痕。　顛撲浮沉窮碧落，炎涼冷暖共黃昏，此時此刻眼前人。

阮郎歸・賦題寄意並序

何德睿教授，[一]與余於悉尼大學共事五年。年前已退休，是次同遊校園，緬懷昔日情景，感慨良多。

南溟故地路遙遙，夢魂寄海潮。樓臺高閣欲淩霄，門前舊石雕。[二]　思往日，夢良宵，笙歌步步嬌。[三]別來風物益無聊，芳菲盡日飄。

〔一〕Derek Herforth.

〔二〕悉尼大學古老建築 Main Quadrangle，建於一八五四至一九六六年間，屬維多利亞學術歌德式復古建築（Victorian Academic Gothic Revival architectural style）。側門前有獅子怪獸石像守護。

〔三〕二〇〇七年德睿曾邀余作學術演講，講題關於劉晨阮肇入天台山之文學傳統。此借用劉阮入洞故事，述昔日情懷。

訴衷情・颱風

翩翩天鴿肆翱翔，威力忽如狂。嬌花嫩草枝幹，摧且敗，折還傷。　蘭芷蕙，滿庭芳，盡遭殃。夜來風雨，殞玉銷魂，衹剩悲涼。

一剪梅・送別岳丈

柳嫩梅紅正嬌嬈，無情天寒，復值狂飈。碧桃紫李任摧殘，零落同泥，玉殞香消。　寒食清明節令招，車如流水，孝子如潮。城南城北歲華新，誰與爭妍，寂寞含嬌。

醉花陰

片片雲霞織錦繡，奕奕峯連岫。日出馬鞍山，暖意方敷，白露濕衫袖。　寂寞小園空憶舊，憐桂枝未茂。欲採遺佳人，叵奈嚴霜，歎綠肥紅瘦。

望海潮・讀離騷

炎炎初夏，端陽佳節，鼓聲競渡如雷。屈子楚王，張儀鄭袖，前塵煙滅灰飛。洶湧浪喧豗，正祝融肆虐，霧靄全披；河伯揚靈，雲君儼駕任高馳。　娛遊宇宙恢恢，訪仙山異境，閶闔丹墀，湘女宓妃，崑崙弱水，堪歎世上無媒。暮色漸淒迷，念故園舊國，蜷局依依。寄語羲和：徐徐弭節暫徘徊。

念奴嬌・訪赤壁和坡公大江東去

黃州題墨，筆鋒下、多少人間風物？舊日園池，來到了、北宋東坡赤壁。飛閣臨皋，長河改道，歷盡寒江雪。流離顛沛，乃成千古豪傑。　山下蘭芽之溪，空庖燒濕葦，詩情清發。昔在高密，登覽間、功業榮名俱滅，乃命樓臺，超然可樂，九夷窮髮。陰晴圓缺，春風還待秋月。

摸魚兒・遊三藩市安巴卡德羅〔一〕

碧雲天，惠風和暢，金山麗水芳樹。海濱大道遊人盛，熙攘來回如縷。方日暮。望遠景、金門橋外波濤怒。翺翔孤鶩。料彼岸風光，如何是好！〔二〕騁目歎歸歟。　劉郎別，尚記仙姝歌舞。桃源幾度雲雨。洞天長盼人間，何況美人遲暮。誰與訴？只頃間，日沉月上流荒渚。浮遊薄旅。物色自輕人，天邊海曲，歸雁命儔侶。

〔一〕The Embarcadero.

〔二〕二〇一九年夏，香港時局未明，故下片用劉晨入桃源事設喻。

和衛林寄贈〈朝中措〉，時在京華

一年一月數華年，南國何曖芊。城闕朔風白雪，徒望百媚千妍。　蕭條寂寞，長思久要，引領高軒，且把詩詞倡和，一杯柳下花前。

附：劉衛林：〈庚午發歲謹賦小詞朝中措奉賀〉

春風春雨入嘉年，芳草正芊芊。紫陌垂楊新綠，依然桃李爭妍。　停雲藹藹，睽違海角，延佇東軒。長盼良朋身健，追隨觴詠尊前。

浪淘沙．城門河畔

滈滈水如銀，天爽如旻。芳華搖落送三春，碧草青葱蓁兩岸。日麗城門。　晴朗昧重雲，變化無因。一宵冷雨洗清塵，朵朵嫣紅猶帶淚。景致常新。

憶江南．辛丑春分

衛林惠寄雅詞，予和之。

春方半，明媚豔陽天。蕩漾東風桃李面，羞含朝露競鮮妍，芳意亦泠然。

附：劉衛林：〈憶江南．辛丑春分〉

春分好，依舊碧雲天。澹蕩春風重拂面，山花山鳥向人妍，何地不悠然。

永遇樂．哭相洲師兄並序

二〇二一年，四月二日，忽接葛曉音師之消息，驚聞吳相洲兄之訃音，終年五十有九。兄乃故陳貽焮師之高足，當今樂府研究之大家。余與之交往有年，然暌違有日。懷想師門歡會之融洽，何日忘之，學術偉論之精深，高山仰止。前年仲秋，於中山大學，珠海校區，酌聲詩以斟樂，走觥斝而飛觴。自此一離，疫情阻隔，竟成永訣，涕淚漣洏。

南粵北京，連輿接席，歡宴方罷；寒食清明，孤魂煢獨，永臥荒山下。春花似錦，春天如繡，暴雨忽然狂灑。從今後，誰堪作伴？可奈寂寞長夜。　黃鐘大呂，齊梁新曲，藝苑詞壇嘉話。瘟疫經年，乖離兩載，常念親風雅。何時把酒，從遊樂府，再探教坊瓦舍。空遺憾，高情美志，忽隨鶴駕。

【序】

柯睿教授七秩壽慶學術研討會序〔一〕

奉康達維（David R. Knechtges）教授命敬撰。

百年喬木，萬里錦雲。遊目博德之溪流，仰望洛磯之削壁。〔二〕高鳥軒翥於天際，游魚逍遙乎石間。智者沉吟，李白杜甫謝靈運；哲人妙賞，荷馬但丁柏拉圖。天祿藏中西之書，靈臺通今古之學。四十年如一日，〔三〕且述且作；五千載似三春，如琢如磨。八索九丘，十三經之傳注；三墳五典，廿六史並詮評。載欣載奔，如癡如醉。惟氣是養，惟德是馨。莊子大鵬九萬程，擊海水於千里；宣父門人七十士，揚洪波乎四方。A.C.D.C.，〔四〕郭注向注，〔五〕僶俛懇懃於章句，精深瑰麗於譯文。理雅各之儒經，〔六〕伯希和之卷子，〔七〕釋家道教，漢賦唐詩，寄優游於山林，研學問於黌序。

是日也，始天清而日朗，漸雨起而雪飛。巨石犖确以岧嶢，高樓堂皇以侖奐。

三月三日，祓禊換歲寒之氣；好水好山，春風開時卉之心。先生以古稀之齡，德高望重；賓客以介壽之禮，情長義深。五十載金蘭桃李，百餘人修竹茂林。羣賢畢至，仰崇山而浮觴；少長同歡，奏流水而論道。清芬爛漫，鳥語嚶鳴。

於是康公達維，命大駕以赴會；宇文教授，〔八〕發高論於精微。學界名家，儒林巨擘，〔九〕瑞氣集之肸蠁，應感來之瞳曨。河伯揚靈，子猷清興，鴻都門之健筆，石渠閣之寶藏。風雅頌飭人倫之教，騷賦駢苞天地之心。玄奘取經而東還，羲和載日以西往。東來紫氣，入地上天之想像；西去函谷，含英咀華之文章。遨翔靈鷲登泰山，走訪崑崙涉湘水。習遺文於大有，〔十〕食玉英於遠遊。發偉論於三通，成鉅製於十翼。

小子不敏，後學何知，忝受命於鴻儒，謹作序以末技。既聽高山與流水，洗滌塵心；乃邀巨構於羣公，嘉惠學苑。相如已逝，滋芳林於上林；賈生既往，留高論於秦論。要言妙理，目擊道存。高辛八元，宣慈惠和之作；子建七步，骨氣奇高之篇。史記尚書，盛修辭以麗藻；潘江陸海，酌翰墨於覃思。若夫昭容秉秤，〔十一〕天下遂乏才士；韜元擬雪，世上乃有王郎。易安自命，文窮三變；大家本號，學富五車。白虎雄辯，重得典雅之構，蘭亭俊會，復聞正始之音。其詞云爾。〔十二〕

〔一〕該研討會為業師柯睿（Paul W. Kroll）教授慶生、慶祝其榮休以及向其學術致敬而舉辦，英文原名為：Philology and the Study of Classical Chinese Literature: An International Symposium on the Future of Sinology in the 21st Century in Honor of Paul W. Kroll。由鄙人及同門賈晉華、王平二位教授，以及其時任教於母校科羅拉多大學（University of Colorado）之李安琪（Antje Richter）教授，四人組成籌委會，於二〇一八年四月假母校校園舉行。

〔二〕博爾德（Boulder）為洛磯山下一小鎮，科羅拉多大學校區所在。其東有小山綿亘，疊嶂岌嶪，上出重霄，長林夭喬，廣披漠野。側望若剖甕，亦如熨斗並峙，故名為Flatirons，直譯為「熨斗山」。其下有小溪，名Boulder Creek，直譯為「巨石溪」，穿城而過，流水淙淙，游魚從容，景色宜人。

〔三〕柯師於一九七六年獲博士學位，自一九八一年起任職母校至今。故云四十年。

〔四〕漢學家葛瑞漢，名A. C. Graham；劉殿爵，名D. C. Lau。

〔五〕郭象與向秀注《莊子》。

〔六〕謂理雅各（James Legge）譯註之作，如*The Chinese Classics*。

〔七〕保羅．伯希和（Paul Pelliot），法國著名漢學家，以發現及研究敦煌卷子馳名。

〔八〕宇文所安（Stephen Owen）教授。

〔九〕應邀參會學者多學界名人，除康公、宇文公外，又有：麥大維（David McMullen）、余寶琳（Pauline Yu）、奚如谷（Stephen H. West）、鮑則嶽（William G. Boltz）、艾朗諾（Ronald C. Egan）、柏夷（Stephen R. Bokenkamp）、高德耀（Robert Joe Cutter）、那體慧（Jan Nattier）、Albert Hoffstädt、柯馬丁（Martin Kern）、李孟濤（Matthias Richter）、林德威（David Branner）、羅柏松（James Robson）、田曉菲（Xiaofei Tian）、丁香（Ding Xiang Warner）、田菱（Wendy Swartz）、魏寧（Nicholas Morrow Williams）、余泰明（Thomas Mazanec）等，加上籌委會四人（見上）共二十五人。皆柯教授之好友，多為西方漢學界之棟樑，可謂俊采星馳，堪稱學林盛事。

〔十〕大有之宮，道經所言藏經之閣，在九天之上。

〔十一〕「昭容秉秤」以下八句，為田曉菲教授所加，補記與會女史之重要貢獻。特此致謝。

〔十二〕原計劃擬編輯論文集作紀念；後奉師之命取消計劃。

香港藝術發展局全力支持藝術表達自由，本計劃內容並不反映本局意見。